CANAS AL AIRE

Colección de cuentos y micro-relatos

José H. Bográn

CANAS AL AIRE

Copyright © 2023 José René Handal Bográn

DE VALLES, MOTOS, Y MONTAÑAS

Parte I: Tomado del diario de Diego Valle.

La puerta del cuarto se abrió de golpe y me senté sobresaltado en la cama al escuchar el grito de mi tío David con su potente voz de trueno:

—Ya me voy. Si no estás listo, ¡te dejo!

Aunque la salida de la noche anterior todavía pesaba en mi cabeza, no había mejor motivación para abandonar la cama. Me costó mucho trabajo convencer a mi tío David para que me llevara.

Él y sus amigos acostumbran ir en moto, por lo menos una vez al mes, a la cercana cordillera del Merendón. Con mis quince años, no soy bien recibido en esos viajes. De hecho, hoy fue la primera vez. Mi tío sabe que yo puedo manejar mi vieja moto montañesa muy bien, puesto que él me enseñó desde los once. En realidad, su preocupación no era mi destreza, sino mi presencia en las interesantes conversaciones que se gestan allá arriba. El hermético grupo de motociclistas consiste de viejos que me doblaban la edad, amigos toda la vida.

Dejé la cama de un brinco y agarré mi reloj. Pasaban de las nueve y no tuve tiempo para ducharme. Mi visita al baño se limitó a lo esencial y abundante agua helada en la cara. De regreso al cuarto, me puse unos jeans desteñidos, unas gruesas calcetas gris, los tenis y una camiseta blanca. Saqué de debajo de la cama una maleta. Ahí guardaba mi pistola, una Walther calibre .380 con la que el abuelo había prometido enseñarme a disparar. Nadie sabe que la tengo.

La obtuve por una mera casualidad. Mi abuelo la había enviado a revisar al taller de armas, y me pidió que fuera a traerla porque él iba estar ocupado. Esa misma noche un ataque al corazón llegó antes que yo. Desde entonces conservo el arma como recuerdo. No he tenido oportunidad de usarla, pero pensé que viajando a la montaña, donde sólo Dios sabría lo que me aguardaba, sería prudente cargarla.

Tengo una vaina de fibra sintética negra que se cuelga bajo el brazo. Me gusta el diseño de la funda porque los cierres no eran del ruidoso velcro sino de broches plásticos y bien discretos.

Al ponérmela, guardé los cargadores de repuesto bajo el brazo derecho, y el arma bajo el izquierdo. Luego me puse un chaleco caqui de campamento con varias bolsas en la parte externa. Me miré al espejo y, ¡perfecto! No se notaba ningún bulto bajo el brazo. Mi conciencia marcaba dudas, pero estaba seguro que mi tío llevaría su vieja .357 Mágnum. Nunca se separa de ella ni para ir por cigarros a la pulpería.

Tomé el resto de las cosas que iba llevar al viaje, y salí a la sala. El televisor ya estaba encendido en un canal con dibujos animados, mi primo David estaba hipnotizado por el aparato. Apenas y levantó la mano en señal de respuesta a mis "buenos días, primo".

Siempre me pareció cursi de mi familia que al primogénito lo bautizaran con el nombre del padre, mi primo se llamaba David Valle, igual que mi tío; y yo Diego, igual a papá; y así todos sus otros hermanos. Esta tradición la habían mantenido por más de tres generaciones y sería bien difícil quitarla. Ya imagino las presiones que voy a tener cuando me case y tenga mi primer hijo: que se llame Diego, me dirán todos.

—Listo, tío —dije muy ufano por mi rapidez.

—Ya era tiempo, ¡casi me voy sólo! —Su cara de enojado cambió por una sonrisa. Bromista como siempre.

Él estaba sentado en el comedor redondo, él los prefería así. Según supe, mi tío David, siendo el menor de siete hijos, nunca pudo sentarse cerca de su padre pues sus hermanos mayores ocupaban los primeros puestos. Así que en protesta, esta mesa redonda nadie estaba fuera de su alcance.

La tía Julia nos había preparado el desayuno tradicional de familia para los domingos; algo nutritivo, suave al estómago, y muy delicioso: ¡panqueques!

Me ubiqué en una silla a la izquierda del tío David, serví mis acostumbrados seis panqueques y los acompañé con un gran vaso de jugo de naranjas exprimidas esa misma mañana por la tía Julia.

—Estoy en desarrollo. —Es mi excusa favorita al servirme el segundo plato ante el asombro generalizado por mis costumbres alimenticias.

Tuvimos una plática amena de sobremesa. Mi tía estaba preocupada que por tantos viajes de fin de semana a San Pedro Sula, mis notas en el colegio fueran a bajar. Yo la consolé admitiéndole que estudiaba a diario durante la semana para liberar al máximo mí tiempo.

—Parece que ya dejó de llover —dijo mi tío desviando la plática.

Nos levantamos de la mesa y llevamos los platos a la cocina.

—Ahí los van estar esperando esos platos para que los laven cuando vuelvan —sentenció tía Julia.

—Pero vamos a venir cansados de la montaña —defendió mi tío.

—Ese no es mi problema. Mejor laven los platos antes de irse.

Yo pensé que ella tenía razón de protestar por ser la única que se encargaba de la casa, me regresé desde la puerta de la cocina hasta el lavatrastos. Tomé un plato y mi tía se acercó por detrás sujetándome la mano.

—Era broma, Diego. Váyanse ya porque si quiero que regresen temprano.

Nuestras miradas se encontraron. Su dulce sonrisa me inspiró darle un beso en la frente y salí corriendo.

—Gracias tía —dije mientras me alejaba.

Salí al patio donde mi tío guardaba su cuatrimoto nueva, encendí mi vieja moto y estaba calentando el motor mientras revisaba el contenido de la mochila que había entrelazado en la parte de atrás de mi asiento.

—¿Que llevas ahí?

—Sólo algunas cosas para el camino, acuérdese que fui Boy Scout. Llevo agua, los sándwiches que hizo la tía, lazo, un machete corto...

—¡Un machete!

—Bueno, vamos a la montaña, ¿no? Siempre llevaba un machete cuando iba de campamento con los Scout.

—Diego, haceme un favor.

—¿Si tío?

—Deja de hablar tanto de los Scout.

—Si, tío.

Arrancamos con dirección a la casa de Héctor, otro de más de treinta con cuatrimoto nueva, luego a donde César, él prefería dos ruedas como yo. Después Víctor, otra cuatrimoto, y finalmente Juan, también cuatrimoto.

Antes de las diez de la mañana ya estábamos al pie de la montaña, quedaba a cinco minutos de la casa de Juan, que vivía en la colonia Trejo. Por esa razón siempre era el último punto de salida.

Empezamos a subir la montaña por un angosto sendero empedrado. No íbamos a tanta velocidad, pero la adrenalina aceleraba mi corazón. Cada bache, cada brinco, cada roca esquivada, cada elemento del viaje fue magnífico. Las piedras dejaron de ser tan grandes, y el lodo comenzó a tomar posesión del camino. A cada momento patinábamos. César se cayó una vez, y tardó más tiempo en dejar de reír que en levantarse.

Cerca del mediodía llegamos a una pequeña corriente donde nos detuvimos.

—Y aquí, ¿qué hacemos?

—Primero, te tenés que meter al río. Es tu prueba para pertenecer al grupo —dijo Héctor sin sonreír ni pestañar siquiera.

Sólo me reí. Sabía que el agua estaba bien fría. Todos me observaban muy serios, incluso César, el que se reía de todo.

—¿Es en serio? —pregunté incrédulo.

—Sí. Te metés al agua, o te dejamos aquí, —me sentenció mi tío.

—Yo se llegar de regreso, fui Boy Scout.

Todos se mofaron de mi mérito Scout, pero sólo un momento, luego retomaron su seriedad. Suspiré y pensé: no me voy a dejar ganar al valor por estos viejos.

Me agaché para quitarme los zapatos. Mi verdadera preocupación era que no quería que vieran mi arma. Al quitarme el chaleco logré agarrar también las correas de la funda, lo hice tan rápido, que pienso nadie notó el bulto extra en la ropa. Luego me quité la camisa y los jeans. Ya sólo en ropa interior, corrí y me tiré al río.

Sentí como cientos de hormigas mordían toda mi piel al mismo tiempo, y también sentí una presión fuerte en el pecho. Salí a la superficie boqueando por aire y temblando de frío. Giré para ver a mis retadores y todos estaban carcajeándose sin vestigios de vergüenza alguna. Salí molesto y titiritando del agua. Caminé con paso tembloroso hacia mi ropa. Mi tío David me tiró una toalla. Entonces entendí que deberían haber estado planeando esto por algún tiempo, sino, ¿para qué traer la toalla?

Luego de secarme y vestirme, saqué de mi mochila los sándwiches y los repartí. Víctor había llevado una hielera pequeña y repartió latas de cerveza a todos, menos a mí.

—Hey, ya soy parte del grupo. ¿Dónde está la mía? —protesté indignado.

—Ah, perdón, aquí está —dijo Víctor a manera de disculpa mientras me lanzaba una lata.

Era un refresco de soda.

—En el primer viaje no te tocan beneficios —dijo Héctor.

—Queremos ver que tal manejás sobrio —agregó Juan.

Humillado, por enésima vez, me resigné a tomar mi refresco en paz. El comentario de Héctor sobre la primera vez me llenó de esperanza creyendo que las invitaciones se repetirían.

No fue sino hasta ese momento, al terminar las bromas y que tuve tiempo de sentarme en paz, que pude apreciar el panorama. El río aparte de helado, era de cristalina agua, toda la naturaleza eran cientos de tonalidades verdes. Me pregunté cuántas veces habrían venido ellos a este sitio en particular.

Después de comer y recoger la basura —mi tío se jacta de ser protector del ambiente— emprendimos de nuevo montaña arriba. El camino se tornó más difícil. La velocidad ya no fue posible. Avanzamos con cuidado y aprovechando el equilibrio obtenido con años de experiencia. En ese momento comprendí la ventaja de viajar sobre cuatro ruedas. César y yo pasamos por el suelo bien seguido y fuimos, definitivamente, los más llenos de lodo.

De pronto, mi tío David y los otros se detuvieron. Al principio pensé que para esperarnos a César y a mí, pero pronto comprendí que esa no era la única razón: había un tronco bloqueando el estrecho sendero.

Estábamos en una ladera, a nuestra derecha se erguía la montaña casi verticalmente como una pared, y a la izquierda un abismo. Era imposible rodear el tronco.

—Y ahora ¿Nos regresamos? —preguntó alguien.

"No —dijo mi tío—. Yo creo que entre todos bien lo movemos.

Todos apagamos nuestras máquinas y nos dirigimos al tronco. Era tan estrecho el sendero que avanzamos formando una fila. Tres amigos brincaron el tronco, y los otros tres desde mi lado tratamos de levantarlo. Era muy pesado, pero lo peor era que el árbol se había caído de tajo. En la base se podían apreciar las raíces salidas, seguramente por lo continuo de las lluvias recientes. Sin embargo, algunas raíces estaban enterradas al suelo, por lo que impedía quitarlo.

Una idea me cruzó por mi mente. Salí corriendo sin decir nada, contento de haber tenido la razón y de poder demostrarlo. Fui hasta mi moto y regresé con el machete en la mano. Sin detenerme a dar explicaciones me dediqué a machetear las raíces hasta cortarlas. Al cabo de un rato, logré liberar el tronco, y mis compañeros de viaje lo levantaron inmediatamente tirándolo al precipicio.

—Yo creo que siempre vamos a invitar este muchacho —dijo Héctor una vez que caminábamos de regreso a las motos.

—O que nos regale el machete —agregó César.

Eso me hizo sentir bien. A las dos de la tarde sucedió lo inesperado: se descompuso la moto de Juan. Estuvimos una hora y media mientras mi tío David, Juan y César, los mecánicos expertos, trabajaban en la máquina.

Yo me senté en la moto con Víctor y platicamos acerca de su hijo de ocho años.

—Él dice que quiere meterse a los Scout —me platicó.

—Por la edad va tener que empezar con los lobatos, pero es bueno.

¿Y qué más les enseñan a parte de traer siempre el machete?

—¡Muchas cosas! Aprendemos a hacer nudos, a cocinar para supervivencia en los campamentos, hacemos caminatas.

—¿Dónde hiciste tu primer campamento?

—En la Tigra, y fue excelente.

El grito de alegría de Juan y el rugir del motor de la moto resucitada avisaron que los mecánicos lograron su objetivo.

—Juan, ya te hemos dicho que vendás esa papada. Ya me estoy aburriendo de repararla —dijo mi tío David sonriendo.

—Ya sé, pero vos sabés que tengo años de tenerla. Es mi primera moto y me da pesar.

—Si ocupás pisto te prestamos —sugirió Héctor con tono irónico.

¿A qué tasa? Juan, también llevá las escrituras de tu casa para garantía —aportó César.

Todos intercambiaron miradas y rieron. Este hermético grupo le gustaba bromear pesado. Decidí tratar de acompañarlos cada vez que fueran, sin importar como los convenciera. Aunque estudiando en Tegucigalpa me tocaría viajar los fines de semana, pero ese no era el problema ya que tenía fijo el cuarto en el que me quedo siempre.

Retomamos el camino, ahora cuesta abajo, de regreso a casa. Yo estaba bien cansado, pero disfruté el viaje, había sido uno bueno. Terminamos de dejar a todos y mi tío David y yo llegamos a su casa. Luego de guardar las motos en el garaje, mi tía Julia se negó a dejarnos entrar a la casa. Mi tío David miró al cielo como resignado mientras se quitaba la ropa llena de lodo, yo seguí su ejemplo. La Tía Julia nos roció con una manguera. El agua estaba fría, pero no tanto como el rio.

Una vez empapados, pero indiscutiblemente más limpios, nos permitió entrar a la casa. Al par de la puerta de la cocina, mi primo David estaba tirado en el suelo muerto de la risa. Tío David y yo nos echamos una mirada de confabulación y nos tiramos sobre el pequeño a hacerle cosquillas hasta que se disculpó por haberse burlado de nosotros.

Vine al cuarto de visitas, el mío por estos días, y me puse unos shorts y una camiseta. Coloqué mi Walther encima de la cómoda y me tiré en la cama con mi cuaderno a escribir este diario. Ahora estoy cansado, pero satisfecho con el viaje.

Veo que mi pistola está un poco sucia. No me sorprende. Con tantas veces que tuve que quitar y volver a poner la funda durante el día. A los adultos siempre les da miedo que los jóvenes seamos descuidados con las armas. Aseguran que no las sabemos apreciar ni darles el cuidado requerido. Creo que mejor me pongo a limpiarla...

Parte II: Carta de David Valle a su hermano.

Querido Diego:
Deseo entregarte este cuaderno que encontramos en el cuarto donde dormía tu hijo. Al parecer, estaba escribiendo un diario. Seguramente para alguna tarea de la escuela. En medio de la conmoción no lo habíamos encontrado.

El susto de haber encontrado a Diego ahí tendido fue una impresión muy fuerte para ella. Hasta hoy Julia se armó de valor para entrar nuevamente y arreglar la habitación.

En las anotaciones de Diego logré comprender de dónde salió la pistola, y comprobar que lo sucedido fue un lamentable accidente y no el suicidio que alega la policía.

Como ya te comenté por teléfono, nos acabamos de enterar que Julia está embarazada y ella quiere comunicarte que si es un varón, lo llamaremos Diego.

Una vez más te pido perdón por lo que pasó, como te lo dije en el cementerio, quise mucho a mi sobrino y no puedo dejar de culparme por su muerte...

Tu hermano,

David.

FIN

NOTA: Esta historia fue publicada en la revista IMAGINACIÓN editada por Julio Escoto. El cuento toma su título de la frase juvenil al escuchar una explicación que se considera una mentira, "Mejor contame una de vaqueros." Siendo cuentista, es una frase que me han dicho varias veces, así escribí este cuento, solo que en lugar de una de vaqueros, les cuento una de valles, motos, y montañas.

EL HALCÓN Y EL MISIONERO

El ladrón escalaba la pared del castillo. La oscuridad de la noche camuflaba su vestimenta negra. Desde los dos niveles que lo separaban del suelo solo se observaría algo no más grande que una sombra, y como tal sería desestimada por los guardias. Por supuesto que esa era su intención.

Alexander Beck era el nombre con el que sus vecinos lo conocían en su *pad* de Londres, pero "Halcón" era el sobrenombre con el que se movía en el bajo mundo. Mundo peligroso que en varias ocasiones lo había acercado a la muerte. Aunque quizás no lo suficiente para arrepentirse y cambiar su conducta.

El lazo era profesional y soportaba pesos muy superiores al suyo, pero aunque escalar no era su deporte preferido, su profesión le había enseñado a practicarlo con mucha regularidad. Rascacielos habitacionales en Nueva York, Museos en Moscú, montañas en Centro América, para él eran todos iguales. Esta vez era un castillo que databa de la época medieval, plantado en las afueras de Liverpool. Residencia del Señor Feudal de antaño, ahora se había convertido en hogar de uno de los mayores traficantes de drogas en todo el Reino Unido. A Halcón no le atraía la idea de retar a un reconocido hampón del mismo mundo delincuencial que él habitaba, pero en la otra parte de la balanza pendía el futuro de un amigo sacerdote y toda su feligresía.

Alcanzó la ventana del tercer nivel y usando el dispositivo de freno en la cuerda, pudo con su diestra empujar el vidrio para comprobar que estaba cerrado.

—En qué tiempos vivimos que ya nadie deja las ventanas abiertas —musitó con ironía.

Se balanceó para acomodarse en mejor posición y con la misma diestra sacó de su bolsillo un objeto rectangular de plástico que semejaba una tarjeta bancaria con la diferencia de que la banda magnética de ésta cambiaba de color al contacto con un dispositivo de alarma. Halcón la introdujo en medio de las ventanas y observó la banda mientras contenía la respiración. El color se mantuvo y él logró levantar la pestaña del seguro con un simple movimiento hacia arriba. Haló la ventana y se introdujo.

Dos minutos más tarde había vencido la cerradura de la caja fuerte y estaba introduciendo varios fajos de billetes en una bolsa. Esta era la primera vez en su carrera que tomaba simple efectivo, pero su amigo en necesidad, el padre Daniel Weiss, se rehusaba a aceptar sus donaciones. Alexander supuso que un depósito anónimo de dinero robado a un miembro del cártel, junto a su verdad a medias negando que el dinero fuera suyo, sería suficiente para que Daniel lo utilizara.

Se aprestaba a salir por el mismo lugar de su entrada cuando algo que escuchó lo dejó paralizado.

—¡Habla, por un demonio! —El grito provino de la entrada.

Alexander se acercó con cautela, su espalda pegada a la pared. Reconoció el sonido del contacto de un puño contra la carne, seguido de un gemido.

—¡Cierra esa puerta! —ordenó la misma voz y un portazo confirmó su cumplimiento.

Alexander era ladrón de profesión, había visto morir gente antes, incluso por sus propias manos. Pero nunca fue partidario de la tortura. El diario quehacer del dueño del castillo le hizo suponer que debía tratarse de un informante descubierto, un traidor o un policía.

Su sentido común le indicaba irse, pero su conciencia impedía su avance. Sí, la misma conciencia que le había traído a robar dinero mal habido para una iglesia. ¿Sería que lentamente se estaba convirtiendo en un hombre decente? ¿Sería que su amistad con el presbítero lo estaba afectando? Alexander recordó su reencuentro con Daniel Weiss, nada menos en el confesionario de la iglesia a la que ahora quería ayudar. En aquella ocasión, Alexander confesó todos sus crímenes, pero al no aceptar arrepentimiento ni cambiar su vida, el Padre Weiss retuvo su absolución. Luego de ese primer encuentro, Alexander visitó seguido al padre, reanudando la amistad que los había unido en su época de estudiantes.

Sus recuerdos fueron interrumpidos por el abrir de una puerta, seguido de pasos.

—No olvides una extensión larga para la sierra — apuntó la misma voz.

El corazón de Beck palpitaba agitado contra su pecho. Incontables ideas invadieron su mente. Una sierra no podía significar otra cosa que una tortura de la más cruel que se disponían a practicar sobre aquella alma desgraciada. Ese fue el detonante. Halcón profetizó que sus manos quedarían manchadas por la sangre de aquel desconocido si él no actuaba. También la omisión es un pecado, recordó Beck.

El Halcón tomó su decisión, salió por la ventana y escaló hasta la azotea. No quería pensar en lo que estaba a punto de hacer ya que se podría arrepentir. En su lugar, ocupó su mente haciendo números. Haló su cuerda calculando la distancia hasta su objetivo y la anudó a su cintura. Sostuvo la respiración y corriendo los dos pasos se lanzó al vacío.

Impactó la ventana con sus talones. El ruido del vidrio quebrantado tomó por sorpresa a los ocupantes de la habitación. El cuerpo de uno de los perpetradores amortiguó la caída, costándole la consciencia. El Halcón no tardó en incorporarse más presto que un felino. Sacando una navaja de bolsillo cortó las ataduras del hombre semiinconsciente que yacía sentado ante la mirada atónita del otro ocupante de la habitación.

—Es hora de irnos —ordenó Beck ante la cara de incredulidad del prisionero— ¡Vamos!

El prisionero se incorporó pero cayó sobre sus rodillas al tiempo que su rostro emitió un leve gemido. Ayudado por Beck, se puso en pie, y más a tientas que corriendo, salieron apresuradamente.

Con los planos y detalles memorizados de antemano, Halcón lideró el camino por el pasillo, bajando los alfombrados escalones y dirigiéndose luego a la derecha por una puerta que los condujo a la deshabitada cocina. Atravesando el portal, llegaron a la cochera.

—Debo ir a la Embajada Americana —El hombre había recuperado la conciencia en el trayecto.

—¿C.I.A.?

El espía asintió con la cabeza. Se separó de Alexander para abordar un vehículo de un dorado reluciente. El ladrón hizo un rodeo hacia el lado del conductor. O al menos eso creía.

—Yo conduzco —pero al abordar agregó— Está bien. Tú conduces."

—Si tuviéramos la llave.

—Sinceramente, no sé qué es lo que hacen los espías de ahora.

El Halcón se recostó sobre el regazo del conductor,

tiró de un manojo de cables y se afanó conectando el motor mientras murmuraba "¿Dónde está el encendedor que abre todos los llavines del mundo? ¡Qué pasó con el láser en el reloj de pulsera!"

—Creo que has visto muchas películas.

El motor tosió pero cobró vida. La felicidad de Alex sobrepasaba la del Doctor Frankenstein cuando el rayo diera vida a su monstruosa criatura. El espía se apresuró dando marcha atrás. El patio se iluminó como si el sol hubiera salido ocho horas antes.

—¡Ya dieron la alarma!

Pisando el embrague, el espía colocó la palanca en posición y con un salto el Rolls Royce dorado aceleró en dirección a la única salida. Los pesados portones se cerraban lentamente guiados por un motor eléctrico. El retrovisor derecho y un rayón en la puerta izquierda trasera fueron las heridas de combate por el paso victorioso que hiciera el vehículo. Guardas de seguridad inútilmente descargaron sus armas sin que ningún proyectil alcanzara su objetivo. El ritmo cardiaco del Halcón seguía alto, pero la tensión había bajado a niveles manejables. ¡Estaban fuera!

El espía sacó un teléfono celular e inició una llamada.

—Mensaje a Central. Misionero reportándose. Archivo clave Hotel Delta Mike Uno Uno Tres Ocho. Operativo descubierto y en tránsito a Casa. Fin de transmisión.

La duda sobre sus acciones abrumó a Alexander Beck. El paso de criminal consumado a ayudante de espía había tomado un momento. Sin embargo, no creía que el Gobierno de E.U.A. mirara con indulgencia sus acciones pasadas y le ofrecieran un perdón a cambio de rescatar a su agente. No, esta relación circunstancial debía terminar en ese momento.

Abriendo la puerta, el Halcón saltó hacia el

pavimento cayendo sobre su espalda. Un golpe seco pero no tan fuerte como él lo había anticipado. Inmediatamente, rodó a su derecha hasta salir de la carretera, cayendo sobre la cuneta. Levantó su espalda hasta quedar sentado y observó cómo las luces de freno traseras se encendían. El auto nunca llegó a detenerse por completo y retomó velocidad perdiéndose tras la curva a la derecha.

FIN

NOTA: Fue durante un viaje de trabajo cuando me enteré que este cuento había sido finalmente publicado por la Revista PANORAMA que se encuentra a bordo de los vuelos de Copa Airlines. Una compañera de la escuela leyó el nombre del autor a 20 mil pies de altura y me sorprendió compartiendo fotos en sus redes sociales.

VIDA CIEGA

Domingo 9 de octubre de 2011 - 7:37 pm.

¡Ding!

Adam despreciaba el sonido de un nuevo mensaje entrante en el teléfono inteligente de Laura.

¡Ding!

Adam no necesitaba sus ojos para saber qué estaba haciendo Laura en ese momento. El crujido de la ropa y un atenuado click-click-click. Sí, Laura estaba leyendo sus correos electrónicos. Su breve resoplido significó malas noticias.

—Debo volver a la oficina —dijo Laura.

—Ya me lo imaginaba.

Los cálidos labios de Laura posaron en su frente por un instante. Adam sintió una leve corriente de aire cuando ella se levantó. Sus zapatillas chirriaron en dirección a la habitación. Sólo en el sofá, buscó con sus palmas el control remoto.

"Scotty, beam us up", fue el último diálogo que escuchó cuando presionó el botón de apagado.

–De inmediato, capitán. –Adam respondió al apagado de plasma.

¡Ding!

¡Ding!

¡Ding!

Los tacones altos golpeaban el suelo de madera con mayor ritmo. Cuando el toc-toc se detuvo junto a él, percibió la fragancia Very Irrésistible de Givenchy.

—Oh no. ¡No otra vez con eso! —Su voz denotaba el esfuerzo para contener la rabia.

—¿Qué pasó?

—Es el sistema de respaldo. Una de las oficinas subcontratadas tuvo un corte de energía. Cuando volvieron a estar en línea, sus registros habían desaparecido.

—¿Qué harían si tu teléfono estuviera apagado?

—Adam, por favor. Soy su I.T. Me dieron el teléfono para que pudieran comunicarse con...

Adam la interrumpió. —Para que puedan contactarte veinticuatro horas, siete días a la semana. Lo sé, Laura. Es que no... No puedo. Me cuesta mucho que te vayas a trabajar un domingo por la noche.

La mano suave de Laura acarició su mejilla. Ella tenía buenas manos. A Adam le habían gustado desde que estrecharon las manos al conocerse.

—Ya es lunes en esa parte del mundo. —Su suave voz acompañada de su mano acariciando su cabello casi logran calmar a Adam.

¡Ding!

Casi, pero no lo suficiente.

¡Ding!

Las caricias se detuvieron y se reanudó el click del teléfono inteligente.

—No me importa —dijo

—Necesitamos este trabajo.

—No, no lo necesitamos. —No pudo evitar sentirse como un niño terco.

—Todo tu equipo especial cuesta dinero.

—¿Especial? —Tenía problemas con las personas que restregaban su discapacidad en la cara. Dolió el doble cuando era Laura.

—Ordenadores parlantes, impresora Braille. Nada de eso es barato.

-Gano mi propio dinero —Sintió que esa declaración requería que se pusiera de pie, así que se levantó para decirla.

—Yo lo sé.

—No tienes que mantenerme. Odio que trabajes todo el día. Necesitamos tiempo como pareja.

—Vemos películas casi todas las noches.

Adam notó como ella usó el término "miramos", pero habían superado la vergüenza que tales comentarios traían cuando se encontrara por primera vez con una persona discapacitada. Sin embargo, él siguió con su línea de ataque.

—Sí, pero tres de cada cuatro veces tienes que correr a la oficina en el medio o trabajar desde aquí.

Ella no respondió. Después de un minuto interminable, suspiró y dijo: —Quizás pueda tomarme un par de días libres. ¿Te gustaría eso?

—Un tiempo libre, ¿eh? —Una idea comenzó a formarse en su cabeza. Inspirado, solo esperaba que su sonrisa no traicionara sus verdaderas intenciones.

—Sí, un momento solo para nosotros.

—Nos lo merecemos.

Laura se acercó a besarlo. Adam dejó que el labio de Laura permaneciera sobre el suyo sin responder. Su lengua sondea para acariciar su labio inferior. Los pelos de sus brazos se erizaron. A pesar del tiempo, ella aún le ponía la piel de gallina. Ella dejó de besarlo, pero no se separó. Podía oler su aliento. Listerine con sabor a hierbabuena.

—Vas a esperarme despierto. —Ella le apretó suavemente la ingle— ¿verdad?

Adam asintió y ella se retiró. El golpe de la puerta de

entrada anunció su partida. Se quedó allí hasta que el aroma de su perfume se desvaneció.

Consideró las implicaciones de su plan recientemente concebido. Era una posibilidad remota. Muy remota, una que lo pueda meter en la cárcel. Por otro lado, algo de tiempo libre con Laura valdría la pena el riesgo.

Adam caminó hacia su estación de trabajo. Encendió su computadora "parlante" de última generación. Ella tenía razón en eso. Se puso los auriculares, no quería que los vecinos escucharan lo que estaba a punto de hacer. Después de escribir su contraseña de diez dígitos, abrió algunas aplicaciones en el escritorio.

Dos horas más tarde dejó de tocar el teclado. La sala estaba en silencio, excepto por el zumbido de la computadora y su excitada respiración.

—Creo que eso me dará un tiempo de calidad con Laura.

* * *

Martes 11 de octubre de 2011- 8:29 p.m.

"Faster, boy!" La voz única y profunda de Sean Connery interpretando a Henry Jones cautivó a Adam.

Era la mitad de la persecución del avión y el automóvil. Indiana Jones y la Última Cruzada ganó un Premio de la Academia a la mejor mezcla de sonido. Adam pensó que se lo merecía. Deberían haber ganado también por la banda sonora de John William. Fue maravillosa. Un sistema de sonido envolvente estéreo puede meter hasta a un ciego en una película. A Adam le encantaba sentarse con Laura y escuchar cualquier película, pero disfrutaba unas más que otras.

—Voy por más palomitas de maíz. —Laura se

levantó.

Escuchó el leve sonido de sus pies descalzos.

—¿Sabías que descalza casi puedes acercarte sigilosamente?

—Jamás haría eso. —Su voz vino de la cocina.

Cuando regresó, se sentó a su lado. Ella apoyó la cabeza sobre su hombro. Adam tomó un puñado de palomitas de maíz del tazón. Antes de conocer a Laura le gustaban las palomitas con mantequilla. Ella las prefería sin nada más que sal.

Pasó su brazo detrás de ella y colocó su palma suavemente sobre su mejilla. Él le olisqueó el pelo. Le encantaba la esencia fresca de su champú cítrico. ¿Fue Garnier o la nueva Verbena de la que habló en el mercado la semana pasada? No es que eso fuera realmente importante. Ella estaba con él y eso era suficiente.

Olía a Chanel No. 5. Llevaba el perfume popular cuando quería jugar sexy. Adam sonrió pensando en hacer el amor después de la película. Había desconectado el teléfono fijo y apagado su teléfono celular. Era su idea equivalente a colgar el letrero de "no molestar" en la puerta de un hotel.

No le preocupaba el teléfono de Laura. Su servicio había estado inactivo durante dos días consecutivos.

Adam se preguntó si debería confesar su "intrusión". Una pequeña intervención para liberar un poco de tiempo de las molestas llamadas nocturnas de Laura.

No, concluyó, nadie creería que un geek ciego hackeó la gran corporación canadiense y apagó el sistema Blackberry.

FIN

NOTA: Vida Ciega fue escrito para un concurso de cuentos en el portal Backspace, donde obtuvo el tercer lugar.

La inspiración vino de un incidente que acaparó las noticias unos días antes cuando el gigante y precursor de los teléfonos inteligentes tuvo un problema en su sistema y la falla se extendió por el mundo. Ahora pocos recuerdan los Blackberry pero, durante sus quince minutos de fama, fueron lo mejor.

FLORES PARA LA MUERTE

El cementerio se despejó al atardecer.

—Parece que la gente ya se va –comentó Gabriela. Puso su mano para confortar a su madre arrodillada junto a la tumba.

Ana había sufrido un terrible accidente automovilístico que la condenó a un hospital durante dos meses y que envió su esposo a la morgue.

—Los domingos se llena más que cualquier otro día; pero todos se van a las cinco —dijo la viuda secándose las lágrimas con un pañuelo.

—A nadie le gusta estar de noche en un cementerio.

—Tonterías de la gente, los muertos no hacen nada.

—Si, bueno, este... ¿Nos vamos entonces? —La voz de Gabriela no escondía la urgencia.

Ana sonrió pero asintió con la cabeza, luego se incorporó despacio con la ayuda del bastón que le acompañaba desde su salida del hospital. Caminaron por el sendero empedrado que serpenteaba entre las distintas áreas del cementerio.

Gabriela iba observando las tumbas, apreciando los diferentes arreglos florales que variaban según la situación económica del remitente. Las lápidas también se diferenciaban por sus diseños y materia prima que iban desde simple yeso hasta talladas en mármol.

Su mirada se detuvo en un jarrón vacío frente a una lápida que acreditaba a Ángela como su eterna residente. La grama crecía alta, gruesa y en desorden, asfixiada por mala hierba y alguna flor silvestre. Ángela no recibía visitas desde hace mucho.

—Mamá, mira ese jarrón. ¿Te recuerda algo?

La mirada de la madre siguió la dirección que señalaba su hija.

—Si te refieres al que quebraste cuando tenías cinco años, entonces sí, se parece un poco.

—¡Que pendiente lo tienes! —reclamó la hija.

—Bueno, es que estuvo en mi familia por tres generaciones hasta que terminó en ese accidente tuyo en la sala.

Indignada, la joven caminó hacia la tumba, levantó el jarrón y regresó.

—Gaby, ¿Qué haces?

—Toma este en pago. Nadie lo va extrañar aquí.

—Pero...

—¡Pero nada, mamá! —Forzó el florero en las manos de Ana.

Luego de marcharse, la lápida cambió sin que nadie lo notara. La superficie se tornó lisa, el nombre desapareció por completo.

* * *

Al regresar de la universidad esa noche, Gabriela aseguró las puertas de su vehículo mediante el botón en el control remoto.

El ambiente estaba cargado con aullidos aterrorizados de los perros del vecino.

—Eso no es normal —dijo mientras frunció el ceño.

Caminó hasta la puerta principal y usando su llave entró apresurada.

Encontró a Ana arrodillada en un rincón tras el sofá al tiempo que se tapaba los oídos con vehemencia.

—Mamá, ¿Qué pasa?

Al principio, Ana parecía no reconocerle. Su rostro libre de su color natural, los ojos rojos, inflamados y rodeados de una sombra negruzca.

—¿Oyes los perros? —Su voz quebradiza.

—Sí.

—¡Han estado así toda la noche!

BANG

—¡Ahhhh! —gritó Ana.

Gabriela giró sobresaltada, su corazón le saltaba del pecho con cada apresurado latido, su respiración se aceleró de igual manera. Una rama del frondoso cedro plantado frente a su casa atravesó la ventana hasta la sala, el viento silbaba incesante.

De repente se callaron los perros, el viento, las ramas, el tiempo pareció detenerse; el silencio llenó la habitación. Gabriela solo podía escuchar su pecho jadeante. Cruzó la mirada con su madre. Ana tenía los ojos bien abiertos por el miedo y también respiraba a sorbos.

Gabriela extendió la mano, Ana la tomó con timidez, se incorporó despacio hacia su hija.

—Mira —dijo señalando hacia la ventana.

Al otro lado de la calle se disponía una banca sobre la calzada para los que esperaban el bus. El último autobús había pasado una hora antes, no obstante una niña ocupaba el centro de la banca.

Su cara angelical revelaba un semblante doliente; el cabello negro y largo se perdía tras de ella. Un vestido de un blanco resplandeciente la cubría, solo los pies descalzos asomaban abajo. Gabriela calculó que su edad no superaba doce años.

La niña se incorporó, dio un paso acercándose a la casa y se desvaneció. Gabriela y su madre quedaron atónitas. Al desaparecer el espectro, el viento y los perros retumbaron de nuevo.

—Es por el jarrón —maulló Ana— ¡te juro que es por el jarrón!

Ella comenzó a llorar descontrolada, Gabriela la abrazó conduciéndola hasta la habitación donde se sentaron en la orilla de la cama.

Pasaron el resto de la noche atormentadas por el ruido que cesó con el primer rayo del sol naciente. Gabriela y su madre no desperdiciaron el tiempo en vanidades ni higiene, salieron de la casa y se desplazaron hasta el cementerio.

Gabriela ubicó con rapidez la tumba de la cual había sustraído el jarrón, se acercó, y lo devolvió en el sitio tal cual lo había encontrado. Ana, que le seguía de cerca, se detuvo a leer la inscripción de la lápida. Se llevó la mano a la boca horrorizada y corrió de regreso al vehículo; seguida de Gabriela quien también se asustó al leer el texto:

"En memoria de
Ana Gabriela
1980 – 1991"

FIN

NOTA: Este cuento tiene una historia que amerita su propio cuento. En su forma original fue publicado en la revista CRITICARTE. Un productor de cine hondureño comenzó el proceso de adaptación para hacer un corto de horror y someterlo a un concurso, pero no terminó a tiempo. En el 2015 la historia fue adaptada como historieta en la antología de horror Haunting Tales of Bachelor's Grove que será publicada por Charles D. Moisant.

LA PEQUEÑA FÁBRICA DE PELUCAS

Enterré a mi hermano un viernes negro.

La gente había hecho fila durante horas impías para aprovechar los increíbles descuentos. ¿Qué era para ellos la muerte de un anciano? Nada más que el nombre desconocido que figura en la sección de obituarios del periódico que habían examinado detenidamente mientras esperaban que abrieran las puertas de la tienda.

Sin embargo, no me molestaban los compradores. Solo la ironía que encontré en el contraste de su aparente frenesí y mi triste estado mental. En el fondo, me alegré al saber que algunos de esos clientes se sorprenderían el próximo Halloween.

Sí, Halloween cuando regresaran a nuestra pequeña fábrica de pelucas sería su gran sorpresa.

—¿Dónde está Lenny? —preguntaran.

Los clientes preferían que Lenny les atendiera, por supuesto. Me consideraban el bastardo que no les daría descuento.

Se volvían y suplicaban a mi hermano barbudo blanco

—Me encantó, pero no lo puedo pagar.

El viejo y benevolente Lenny, parecido a Santa Claus, los miraría y prácticamente regalaría las cosas.

Oh, cómo iban a extrañar a Lenny en Halloween.

Después de que los asistentes de aspecto sombrío bajaron el ataúd a la tumba y comenzaron a palear la tierra, envié a la familia a casa mientras que yo me fui en taxi a la tienda.

Subiendo el cuello de mi abrigo, salí y miré el escaparate. La última tienda de pelucas de propiedad familiar. Incluso el edificio de ladrillo de un nivel parecía pertenecer a otra época. Tal vez fue la inclinación del viejo cartel estampado lo que completó el aspecto decrépito.

Entré. El pitido agudo constante me puso de los nervios mientras marcaba la contraseña. Mi primera parada fue la oficina de Lenny.

Carteles enmarcados colgados en la pared: ataque de la mujer de cincuenta pies, Space Invaders, The Monster from the Lagoon. Pasé un dedo por el escritorio. El cáncer había sido tan rápido que se había acumulado poco polvo en los muebles. Un teléfono era lo más moderno sobre la mesa. Lenny nunca usó las computadoras.

—Confío en ti, Paul —decía.

Tenía una simple razón para visitar su oficina: este era el lugar donde lo había visto por última vez.

* * *

—Paul, ¿ordenaste el hilo el mes pasado? —Preguntó Lenny un día.

—Por supuesto.

—Que bien. Escuché que el precio aumentó diez por ciento.

—¿Dónde demonios…? —No necesitaba terminar. Incluso sin una computadora, Lenny siempre parecía estar bien informado. Creo que ese hecho le gustó.

—No te preocupes, hermano. —Levantó el ruedo de

35

su camisa revelando la bolsa que administraba su quimioterapia— Pronto lo sabrás todo.

Lenny resultó ser una de las raras personas cuyo cabello no se cayó después del tratamiento. En su caso, simplemente aceleró el proceso de envejecimiento.

—¿Finalmente me vas a decir?

—¡Claro que no! Pero sabrás todos mis secretos, lo prometo. Y solo entonces...—Me señaló con el dedo— Comprenderás por qué los guardé durante tanto tiempo.

Salió de la oficina poco después y nunca regresó.

* * *

Me senté detrás del escritorio y abrí el cajón central. Bolígrafos, sujetapapeles, un viejo cuaderno; nada fuera de lo común. Navegar por el cuaderno no me hizo más sabio.

—No pensaste que iba a ser tan fácil, ¿verdad? —dije en voz alta.

El escritorio estaba vacío, excepto el viejo teléfono, un bolígrafo MontBlanc y un calendario. Tomando el calendario volteé los meses y noté que Lenny había marcado la fecha en que había luna llena. Un mes tenía dos fechas marcadas.

* * *

—¿Qué pasa con la luna llena? —Encontré a Lenny en su oficina mirando su calendario.

—¿Notaste que octubre tiene una luna azul este año? —Lenny dejó el bolígrafo. —Me gusta trabajar durante las lunas llenas. Las ventas son mejores, las noches son más brillantes.

—Pero no tienes ventanas

—No puedes saber eso. Nunca te he dejado entrar

en mi taller privado.

—Cuando compramos el edificio.

—Oh, sí es cierto. —Él sonrió— Estoy trabajando en una peluca de pelo largo ahora. Creo que la teñiré azul. Halloween se acerca.

El cambio de tema significaba que no diría una palabra más sobre las marcas de su calendario. Me marché molesto con él.

* * *

Sacudí la cabeza para perder el recuerdo. Después de que el médico diagnosticara a Lenny, nuestras disputas se calmaron, pero él mantuvo sus secretos. Eché un último vistazo a la oficina vacía y fui a su taller privado.

Durante la temporada alta contratábamos veinte ayudantes y Lenny alternaba supervisándolos y trabajando en su área privada donde no le permitía entrada a nadie.

Sosteniendo el pomo de la puerta fría en mi mano sentí una tonta ansiedad, como si estuviera invadiendo.

—¡Todo esto me pertenece ahora! —Dije en voz alta. Pero, ¿por qué parecía que estaba pidiendo permiso?

Conteniendo la respiración, abrí la puerta. Nada más que un vacío oscuro. Buscando con la mano encontré el interruptor de la luz en la pared.

La habitación también estaba limpia. Una mesa de trabajo alta en el centro ocupaba la mayor parte del espacio. Me acerqué a la mesa y descubrí el primero de los secretos de Lenny. Un pequeño radio a pilas yacía allí. Tenía unos auriculares conectados. Encendí el equipo y busqué en las estaciones pre-programadas. Todos eran estaciones de noticias. ¡Un maldito radio! Tan simple, y sin embargo sirvió para molestarme durante años. Sonreí pensando cuánto Lenny debe haberse reído a mi costa.

Cinco cabezas de maniquí con pelucas yacían junto al radio. Cuando los inspeccioné noté que las pelucas estaban listas para la venta. Un maquillador de películas las había solicitado. Tenían la intención de mostrar las diferentes etapas de pérdida de cabello en un paciente con cáncer.

Éramos el secreto mejor guardado de Hollywood. Solo unos pocos maquilladores sabían de nosotros. Una vez que compraban la primera peluca, eran clientes de por vida. Les encantaban las pelucas de Lenny con el cabello brillante y sedoso, siempre se maravillaron de su arte para que el cabello se viera tan natural.

—Los lavo con Head and Shoulders —respondía cada vez que preguntaban por su secreto.

Recuerdo la pasión con la que me había negado a tomar esta orden. El maquillador, siendo un antiguo cliente, llamó a Lenny quien aceptó hacerlo. No pude entender por qué.

El pedido debía entregarse el lunes, así que pensé podría tenerlos empacados. Crucé la habitación hacia un armario. Buscando cajas para empacar las pelucas encontré donde Lenny guardaba su materia prima.

Abrí las puertas. El gabinete tenía cinco estantes, cada uno con un cartel en el centro: rubio, negro, rojo, gris y herramientas. En cada estante había dos o tres recipientes con forma de caja de zapatos. ¡Que carajo de orden tenía Lenny! No es de extrañar que siempre levantara una ceja cuando miraba los montones sobre montones de papel que enterraban mi escritorio.

Estaba a punto de alcanzar la caja superior cuando el timbre de la puerta principal me sobresaltó.

¿Quién podría ser? El letrero "cerrado" colgado en la puerta no podría ser más evidente. Rápidamente volví a colocar la caja en el estante y fui a ver quién era.

—Lo siento, estamos cerrados —le dije a un joven.

Una bata blanca le daba el aspecto de un médico.

—Lenny me pidió que te entregara esto —Tenía una pequeña caja en la mano.

¡Que desfachatez que tenían algunas personas!

—¿Cómo puede ser? Mi hermano está muerto.

—Oh, no lo sé. — Parecía imperturbable. —Pero es como cuando las personas hacen arreglos en caso de que mueran.

He visto películas con tales trucos en su trama. Lenny era un ávido fan de esas películas. Maldición, sentí que estaba en una ahora.

—Esto es para usted. —Ofreció la caja.

—¿Qué es?

Él se encogió de hombros. —No puedo decirle. De hecho, Lenny me advirtió que estuviera lejos cuando la abriera.

Maldición, Lenny. —Esto no es una bomba, ¿verdad?

El joven sonrió. Tenía una sonrisa saludable y contagiosa similar a las que se encuentran en vendedores de autos usados o estafadores.

—Lenny me pagó bien por este servicio. Dijo que después de su muerte, es posible que no me contrate después de esto; pero dijo que usted merecía saberlo.

Se fue tan pronto como le quité la caja. Lo seguí con la mirada. No se subió a un automóvil, giró a la izquierda y se dirigió a un edificio de al lado. Me saludó antes de desaparecer por la entrada.

Saber que el edificio albergaba la oficina del forense me puso los pelos de punta. Levanté la tapa y jadeé cuando miré el contenido. Eran tiras largas y grises. Era el cabello de mi hermano.

FIN

NOTA: Cuando escribía la novela *Poisoned Tears* investigué la ubicación de la morgue en la ciudad de Nueva Orleans, así son las cosas para los escritores. Observé una foto de la fachada para procurar que mi descripción del edificio fuera acertada. Luego me llamó la atención el letrero colocado en el edificio de la par, era una fábrica de pelucas. Ahí surgió la inspiración para este cuento que posteriormente fue publicado en la revista SHORT—STORY.ME.

CUIDANDO LA FRONTERA

Karla Jackson despertó con su rostro apenas a una pulgada del techo de metal; estaba flotando.

—¡Jorge! ¿Qué pasó con la gravedad?

Estar alertas de lo que sucede en el espacio es una tarea imposible. Por eso, los humanos decidieron monitorear los bordes del sistema solar. Pensaron que solo algo que entrarse al sistema sería una amenaza para la Tierra. Miles de puestos de avanzada se apostaron creando una frontera espacial para detectar cualquier anomalía natural o alienígena.

Track Seven era una de las muchas estaciones de tipo cilíndrico que monitoreaba el tráfico. La parte superior de la estación era una cúpula transparente que permitía a los operadores una vista de 360 grados. La sala de control principal contenía dos sillas colocadas espalda con espalda, cada una frente a una consola llena de monitores, transmisores e interruptores que podían marear a los inexpertos en cuestión de segundos. Entre las sillas había una trampilla que conducía a las habitaciones en la parte inferior.

La cabeza de Jorge Zavala apareció por el agujero, el alivio era visible en su rostro.

—No sabía que estabas despierta —dijo con su habitual acento pueblerino. Siempre había sorprendido a Karla que Jorge hubiera adoptado el acento de Texas habiendo vivido allí solo un par de años antes de ocupar su puesto en la NASA.

—Los propulsores fallaron. Veré qué puedo hacer —agregó.

Dos propulsores colocados en puntos equidistantes en el medio del cuerpo cilíndrico impulsaban una rotación constante, creando la sensación de gravedad.

Karla suspiró, buscó su reloj y notó que su turno comenzaría en apenas diez minutos. Los turnos de doce horas eran duros y supuso que su compañero estaría demasiado cansado para ocuparse del problema.

—Yo me encargaré de eso. Total, mi turno está por arrancar.

—Como gustes.

El alivio de Jorge se mostró en su sonrisa antes de regresar a su consola.

Karla se apartó del techo y agarró a la escalera de acero que iba desde la trampilla superior hasta el piso de abajo. Llegó a la puerta a su lado derecho y después de marcar su código de acceso en el teclado, se movió a una cámara más pequeña donde colgaban dos trajes espaciales. Tomó el suyo y cerró la puerta tras ella, entrando en otra área más pequeña que servía como cámara de descompresión. La cámara era tan pequeña que no podía erguirse a sus casi dos metros de estatura. Se ató una cuerda de seguridad, pulsó un interruptor y la puerta se cerró con un silbido.

Fuera de la estación, se zambulló hacia la izquierda, aprovechando varias manijas colocadas allí por los diseñadores. Karla no sabía qué era peor, que los diseñadores se anticiparan a los desperfectos o que supiera hacer las cosas tan bien como para evitar que sucedieran. Diez minutos más tarde, terminó de comprobar el estado de ambos propulsores y apretó el botón de transmisión en su radio.

—Jorge, ambos propulsores parecen estar bien. Sin

fugas, ni siquiera un rasguño. ¿Revisaste el panel por dentro?

—Fue lo primero que hice. Odio esta falta de gravedad.

El problema debe ser grave, pensó Karla.

Se dio cuenta que tenía otro problema más inminente. Había estado haciendo su respiración controlada, pero de repente sintió como si estuviera absorbiendo lo último de su reserva. El indicador mostró que su tanque estaba arriba del cincuenta por ciento, pero su medidor de CO_2 le dio la razón, el nivel era demasiado alto. Debía haber estado respirando CO_2 durante bastante tiempo para alcanzar esa marca. Una sensación de náusea comenzó a crecer desde la boca de su estómago.

—Jorge, mi traje no funciona correctamente. Me estoy mareando. ¿Cuál es la ruta más corta hacia la escotilla?

Jorge Zavala tardó en contestar. —Déjame ver... Está bien, gira a tu izquierda y ve tan rápido como puedas. Me dirijo a la cámara para ayudarte a entrar.

Karla siguió la dirección de su compañero pero se topó con la parte trasera de un propulsor. Un destello de luz blanca pura creció hasta convertirse en una llama justo en el centro del escape. Una fuerza invisible presionó su pecho y la catapultó fuera de la estación.

Confundida y mareada, trató desesperadamente de agarrar una de las manijas, pero llegó una milésima de segundo demasiado tarde.

Una sensación de tirón en la cintura le recordó que tenía la cuerda de seguridad. Resopló aliviada. Accionó un interruptor con la mano derecha. Un motor especial dentro de la estación comenzó a jalarla hacia la compuerta.

Una vez dentro del cubículo de descompresión vio a través de la ventana circular que Jorge le sonreía. Intentó abrir la puerta pero el mecanismo estaba muerto.

Eso explicaba la sonrisa en su rostro, pensó ella. ¿Y

ahora qué?

La respiración se estaba volviendo cada vez más difícil. La falta de aire estaba empezando a afectar su mente. Empezó a golpear la puerta, pero fue en vano. El vacío del espacio estaba tomando cualquier fuerza que su brazo pudiera haber tenido. Incluso a plena capacidad, no sería capaz de atravesar la pesada puerta de metal.

La creatividad suele llegar en el momento más inesperado. Motivado por el instinto de supervivencia más salvaje, Karla tomó una gran bocanada de aire y se quitó el equipo de respiración. Colocó el tanque en el suelo junto a la puerta. Lo aseguró en su lugar con su cuerda de seguridad. El equipo era muy similar a los tanques de buceo, el aire se comprimía en un tubo y había una válvula en la parte superior que lo conectaba con una manguera al resto del traje. Karla retiró frenéticamente la válvula. La usó para golpear la pequeña boquilla restante. Al momento percibió un siseo de aire presurizado que salía del tanque, luego desatornilló el panel de control de la puerta y arrancó algunos cables. Cruzó los cables, tratando de hacer una chispa, hasta que encontró lo que buscaba. Se quitó la cuerda de seguridad, hizo un lazo estilo vaquero y lo mantuvo a mano.

Los preparativos tomaron menos de un minuto, pero conteniendo la respiración parecieron horas. Finalmente, acercó los cables a su tanque de respiración.

El fuego se encendió tan rápido que Karla apenas pudo mirar hacia el otro lado antes que el tanque explotara y abriera un agujero en la puerta. Todo lo que no estaba atornillado al suelo salió disparado por el efecto del vacío. A medida que las cosas salían, el agujero se hacía más y más ancho, hasta que Jorge también salió volando.

Karla, agarrándose con todas sus fuerzas a un asa, aprovechó la oportunidad y arrojó el lazo alrededor del tobillo de Jorge.

Después de asegurarse de que Jorge estaba bien atado, se metió. Antes de entrar en la cámara, logró hacer que el interruptor cerrara la puerta. Estaba a salvo, de vuelta adentro, y su enemigo atado afuera.

Diez minutos después, Karla estaba sentada en su consola e intentaba comunicarse.

—Atención Base Uno, aquí Track Seven. ¿Me copian?

—Aquí Base Uno. Copiamos fuerte y claro.

—Tengo que informar que el oficial Jorge Zavala está enfermo. Solicito asistencia médica. Cambio.

—Entendido, Track Seven. Por favor informe el estado del oficial Zavala. Cambio.

—Está inconsciente, pero su respiración es normal. Está bien atado en la cubierta de abajo.

—Copiado. ¿Algo más que necesite?

—Por favor envíen un equipo de reparación. La puerta de acceso y la cámara de descompresión están dañadas. Cambio.

—Un equipo de reparación está listo para el envío en cinco minutos. Parece haber sido un largo día. Cambio.

Karla miró su reloj y se dio cuenta que apenas habían transcurrido cuarenta minutos desde que comenzó su turno.

Suspiró y presionó el botón de transmisión de nuevo.

—Así es, Base Uno. Y ¿sabes lo peor? Aún faltan once horas. Cambio y fuera.

FIN

NOTA: Una versión anterior de este cuento fue publicado por en inglés por Red Rose Publishing bajo el inocuo título de *The Outpost*. Cuidando la frontera contiene varios cambios, siendo sus protagonistas los que más se transformaron.

EL DÍA QUE CONOCÍ AL PRESIDENTE

Entré por el sótano al hotel donde laboro desde hace poco menos de un año. Introduje mi tarjeta de asistencia en el reloj marcador: 8:03 AM, la tinta era roja.

—¡Ja! Otra vez tarde —dijo el guardia en tono burlón.

Sentado tras su escritorio con una mueca de labios retorcidos y dientes que no conocieron el dentista cuando lo necesitaban, el guardia sabía que no me gustaba llegar tarde. Aunque el bus que abordé se hubiera descompuesto ya no era una excusa aceptada en ninguna parte; pasaba muy seguido y ya nadie lo tomaba como valedera.

Suspiré resignado a que sería "uno de esos días" en que todo te sale mal. Opté por no usar ninguna respuesta sagaz, solo me encogí de hombros y me fui.

Esta área no era abierta para los huéspedes. Las paredes eran del gris de sus bloques sin repello, sólidas pero sombrías como una prisión. Recorrer el pasillo me provoca ansiedad. En especial cerca del final, donde me asalta el aroma de los frijoles refritos y huevos que sigue en el aire después del desayuno en la cafetería para empleados a la derecha, solo para recibir el golpe del vaho que proviene de detergentes químicos y cloro que usan en la lavandería al otro lado del pasillo. Doblé a la derecha pasando por otro corredor, al final fui subiendo por las escaleras hacia el vestíbulo, abrí la puerta que en su parte exterior tenía escrito la advertencia de no usarse más que en caso de emergencia.

El vestíbulo estaba engalanado con un arco, la base izquierda cubierta con globos azules y blancos que subían hasta el punto central, el lado derecho se veían globos rojos, blancos y verdes. Todo listo para recibir a nuestro Honorable Presidente de la República y a su contraparte de México en donde darían una conferencia de prensa. Luego habría una reunión privada a la que solo asistirían los mandatarios y sus más cercanos colaboradores.

A dos pasos de la puerta estaba un hombre vestido con la formalidad de un traje oscuro, camisa blanca y corbata negra, pero que tenía toda la pinta de guardaespaldas. La puerta se cerró con un estrépito que sobresaltó al hombre, quien giró para encararme. Me sorprendió su fluidez de sus movimientos, y más aún, ver su arma lista en la mano y apuntándome.

Asustado, levanté las manos.

—¡Ey! Yo trabajo aquí.

El hombre me examinó de pies a cabeza, debió reconocer el horrible saco gris que llevaba en la mano, la corbata color salmón con el monograma del hotel en el centro, más aún, la identificación con mi nombre y foto que pendía de un cordón rojo en mi cuello.

—¡Esa es salida de emergencia! ¿Por qué diablos no usas el elevador de servicio?

—El elevador estaba en el séptimo piso, no tenía tiempo de esperarlo ya que vine tarde. Uso estas escaleras todo el tiempo, es más rápido —mascullé nervioso.

—¡Perdete de aquí! —Me gruñó mientras bajaba su arma.

Bajé las manos respirando aliviado.

—Gracias, y disculpe.

El hotel era una torre de siete pisos, el lobby era una estructura en forma de L que rodeaba dos de sus lados en la base. Su techo plástico transparente permitía el brillo del sol para iluminar la decoración de motivos mayas en las columnas y algunas paredes. Las notas del "Niño del Tambor" que emanaban del sistema de parlantes flotaban en el lobby. El árbol de navidad y el nacimiento en el centro era un espectáculo anual que era cubierto por medios locales durante una ceremonia especial de encendido.

Sentí la mirada del guardia clavada en mi espalda hasta que giré a la derecha fuera de su alcance. Llegué a la puerta que conducía a la recepción que por seguridad siempre estaba cerrada. Toqué el vidrio a prueba de balas para que la secretaria en el interior levantara su vista de los papeles que estaba leyendo. Ella me reconoció y apretó un botón escondido bajo su escritorio. Un timbre ronco y corto me alertó y empujé la puerta antes que terminara.

—Gracias.

—Buenos días José, ¿qué te pasó?

—Casi no llego. Un gorila me recibió pistola en mano allí en el lobby.

Jenny sonrió, y retomó su lectura. Su escritorio estaba a la derecha, al otro lado y contra la pared había dos elegantes sillones de cuero crema. Una mesita en el centro proveía de lectura casual para los que esperaban cita con el gerente general. Su oficina estaba tras la puerta al fondo. Un pasillo se abría paso al par del escritorio de Jenny. Llevaba hasta la recepción y al final estaban las oficinas del Gerente de Recepción y el Cajero General. Aunque mi jefe era Gladis, la gerente de recepción, todos los días entregaba un reporte al Cajero y él era quien autorizaba las pertinentes deducciones si encontraba algún error en mis datos.

Avancé por el pasillo, llegando a una pesada puerta de caoba. Por el exterior estaba tallada con motivos mayas pero el interior era simple.

—José, ¡llegas tarde! —Lo que temía, Gladis había salido de su oficina.

Me detuve, y sin más giré para verla. Su vestido tallado azul combinaba bien con su piel trigueña, el pelo negro y liso, que hoy no traía en la acostumbrada colita, caía hasta los hombros. Desde mi estratégico lugar tras el mostrador, he visto muchos hombres que seguían con la mirada su esbelta figura mientras caminaba por el lobby.

—¿Por qué no te has cortado ese pelo? ¡Ajustá esa corbata al cuello! Y ya te he dicho mil veces que llevar el saco al hombro no te hace ver como James Bond. Él lo lleva puesto.

Pasé por mi cabello una mano que no logró lo que tampoco consiguió la gelatina, ajusté la corbata, me puse el saco y empujé la puerta para empezar mis funciones diarias junto a Roberto, mi compañero de turno.

—Buenos días. Gladis vino a buscarte hace un minuto.

Más tarde, cuando la conferencia de prensa terminó cerca de las dos de la tarde, ambos mandatarios caminaron con sus séquitos desde el Salón de Conferencias hasta el ascensor pasando justo frente al mostrador de la recepción donde Roberto y yo no teníamos más que hacer que observar la procesión.

El Presidente de Honduras, con el carisma que le hiciera ganar las elecciones, se desvió un poco estrechando la mano y saludando a todos los empleados a su paso sin distinguir entre botones, recepcionistas y uno que otro periodista en su camino.

El presidente de México, en cambio, siguió hasta las puertas de elevador. Justo ahí se percató de lo que su anfitrión estaba haciendo. El mexicano hizo un gesto de disgusto, suspiró resignado y llegó al mostrador para estrechar la mano con Roberto y conmigo.

La multitud comenzó a disiparse al cerrarse la puerta del elevador llevándose ambos presidentes.

—Hoy no me lavo la mano, —le dije a Roberto, emocionado por haber estrechado la mano de dos presidentes en un día.

—¡Allá vos! —Me replicó antes de reírse— Yo voy a desinfectar la mía con alcohol.

FIN

LA GATA SOBRE EL PIANO

Anita se sentó con la espalda erguida. Sus codos doblados en un ángulo de noventa grados mientras sus manos descansaban sobre las teclas de marfil. Su pulgar en la tecla Do central y sus otros dedos en las siguientes. Flexionó las muñecas para aflojar las articulaciones y disipar el dolor por las dos horas de práctica.

El libro abierto sobre el negro piano mostraba el pentagrama que la guiaría por su camino musical. Sus ojos se centraron en la clave de sol. La mano derecha comenzaba en Do menor.

Un pequeño metrónomo electrónico le marcaba el ritmo, un 4/4. Sin siquiera darse cuenta, inclinó ligeramente la cabeza al ritmo mientras tarareaba la secuencia.

Uno dos tres CUATRO.

Comenzaría al final del tercer conteo.

Uno dos tres CUATRO.

Contuvo su respiración.

Uno dos tres… El pulgar derecho tocó la primera nota. Sus manos se movieron suavemente sobre el teclado y la esperada melodía llegó a sus oídos.

Mientras otras jovencitas pasaban Noche Buena añorando sus regalos de Navidad, Anita, a sus nueve años, se preocupaba por tocar una hermosa melodía para su familia.

A mitad de la canción, una nota agria y alta rompió su concentración. Ella jadeó. Su visión periférica captó movimiento. Giró la cabeza y, para su disgusto, vio cuatro patas peludas sobre las teclas.

La gata se quedó quieta, con los ojos fijos en Anita.

Su hermanastra entró en la habitación. —Mamá te está llamando.

La gata saltó del piano y corrió hacia ella. El pequeño trozo que sobrevivió al corte de la cola se movía mientras acariciaba la pantorrilla expuesta de Claudia.

Después de la boda, Anita y su padre, llamado Pedro, recibieron a Suyapa y su hija Claudia en la casa. Fue un viernes, y para el sábado en la mañana la gata había marcado territorio en el armario de su habitación a pesar que la caja de arena estaba en el baño al final del pasillo. Trasladaron la caja al armario, pero entonces las patas del escritorio de Anita se volvieron el nuevo destino sanitario. Pero esos pequeños suvenires no eran el único problema. Cuando Anita tocaba el piano, la gata se erizaba, saltaba sobre ella o continuaba maullando hasta que la música se detuviera.

—¿No me escuchaste?

—Es tu mamá, no la mía —dijo Anita, pero se arrepintió de inmediato.

Suyapa no era la bruja malvada de los cuentos de hadas. De hecho, la única falla, en los ojos de Anita, era la incredulidad sobre los problemas con ese némesis felino.

La ceja de Claudia se arqueó como suelen hacer los adolescentes arrogantes. —Tienes razón. Lástima que cometió el error de casarse con tu padre.

Era típico de Claudia hacerla pagar por sus errores. Los ojos de Anita se llenaron de lágrimas, pero apretó los dientes con fuerza.

—No te avergüences de llorar cuando tienes nueve años, Anita. —Claudia inclinó la cabeza y sus labios se torcieron en una sonrisa maliciosa.

Anita le dio la espalda, se limpió las lágrimas con el revés de la mano y se concentró en la partitura sobre el piano.

Comenzó a tocar la melodía desde el principio mientras percibió la mirada de Claudia en su espalda.

—Basta. Úrsula lo odia.

Ignorando a su hermanastra, Anita siguió adelante mientras luchaba por mantener el ritmo bajo control. Pensó en una respuesta adecuada. La inspiración llegó unas pocas notas antes del final. Terminó la canción e hizo una pausa de un segundo.

—No. —Su pulgar tecleó media nota en el Do.

—Me. —Tecleó Re

—Importa. —Tecleó Mi y luego Fa en dos cuartos de nota.

El silencio fue tenso en lugar de incómodo.

Anita no se atrevió a girar. Mantuvo la espalda recta y las manos delante de ella para que Claudia no los viera temblar. Su corazón parecía doblar la velocidad del metrónomo.

La gata se erizó y huyó despavorida. El tap tap de los pasos sobre la madera le indicó que Claudia se había ido.

Anita se sintió encantada de tener la última palabra. Y la última nota. Sabía que Claudia encontraría una manera de vengarse como solía hacerlo.

Era hora de un descanso. Cerró el libro y lo colocó en el espacio debajo del banco, y luego subió a su habitación.

Cuando tenía cuatro años, el padre le explicó que Dios había convertido a su madre en un ángel que le ayudara en el cielo. Fue hasta unos años más tarde que tomó verdadera consciencia de la vida y la muerte. Pero Anita aún deseaba que su madre fuera un ángel, y no uno cualquiera, sino su ángel de la guarda.

Anita había heredado el piano de su madre. Era su

conexión con ella. Así que esperando que su madre la cuidara de la gata infernal, Anita tocaría su canción antes de la cena de Nochebuena. Ver el orgullo de su padre reflejado en el brillo de sus ojos sería su mejor regalo de navidad.

Las bisagras de la puerta emitieron su crujido habitual. Anita levantó la vista para ver a su papá con los brazos cruzados y apoyado contra el marco de la puerta. Las comisuras de sus labios se alzaron como si estuviera conteniendo una sonrisa.

—Cuéntame lo que pasó.

— No pasó nada. —Ella bajó su mirada.

—Anita…

—Fue la gata. ¡Saltó sobre mí! — ¿Cuántas veces ha contado esa historia y nadie le cree?

Don Pedro se sentó al borde de la cama y la abrazó, ella suspiró sabiendo lo que estaba a punto de escuchar.

—Úrsula no te odia. Escuché que le sacaste un gran susto a la gata.

Ella levantó la vista, esperando que sus ojos hinchados ayudaran a convencerlo.

—Has estado llorando.

Anita se encogió de hombros, y dijo, —Odia algunas de las notas. Las toqué a propósito y se fue.

Los labios de su padre se presionaron formando una delgada línea. A Anita le resultaba imposible determinar si reprimía una sonrisa o un regaño.

—Extraño a Max. —Antes solía encontrar consuelo y compañía en su viejo perro.

—Bebé, ya hemos pasado por esto antes. Cuando me casé con Suyapa, ambos hicimos sacrificios para ajustarnos a la nueva familia que formamos. Max tuvo que ir con mi hermana.

—¿Por qué tuvimos que renunciar a nuestro perro en lugar de su gata?

—Conservamos otras cosas.

—No sé cuáles.

—Como el piano —espetó.

Su padre nunca había admitido esto antes. ¡Los recién casados habían discutido sobre el piano! Ahora entendía la lógica del padre: por supuesto, él prefirió conservar el piano. Había sido tan importante para su madre como lo era ahora para ella. Lamentó que él hubiera estado en esa posición. Como una pequeña semilla plantada en su corazón, comenzó a crecer una aversión recientemente desarrollada hacia la madre de Claudia.

Pero su padre parecía estar leyendo su mente, porque dijo, —No las culpes. Ellas también pusieron de su parte.

—Hmm.

—Venir a vivir con nosotros fue un gran sacrificio. Especialmente para Claudia, su padre vive en otra ciudad.

El pausado ritmo del año anterior hizo que Anita olvidara cómo él solía escaparse fines de semana para visitar a su novia.

El inclinó la cabeza mientras acariciaba la cabeza de Anita. Su mano se posó sobre su hombro.

—Ahora vete a dormir.

—Bueno.

—Y piensa en lo que hablamos, ¿de acuerdo?

Ella asintió. Él se levantó. Después de abrazarla de nuevo, la besó en la frente antes de irse.

Finalmente llegó la gran noche. Anita estaba lista para darle un concierto al mundo entero. Claro que en cierto modo lo era, ya que su padre era su mundo.

Después de la cena, Pedro y Suyapa acompañaron a su tío y tía en el sofá. Había un espacio vacío. Claudia pasaría la Nochebuena con su padre y su nueva esposa.

Anita no había visto a Úrsula en todo el día. Eso la

preocupó, pero la ansiedad de realizar su primer recital sacó la gata de su mente. Aunque había observado que la gata no entraba a la sala durante sus ensayos. Seguramente su padre le pidió ayuda a Claudia o a Suyapa.

Caminó hacia el banco mientras sus seres más queridos la miraban expectante. Ella estaba relajada, pues había dejado descansar sus muñecas después del último ensayo esa mañana.

Llevaba un vestido blanco con un ancho cinturón rojo oscuro alrededor de su cintura y que terminaba en gran chongo en la espalda. Su padre había dicho que, dado que ella les estaría dando la espalda, el chongo sería algo atractivo. Aun así, se sentía como un adorno de árbol de navidad. Se sentó frente al piano cuando su padre encendió el cigarro que su tío acababa de darle.

Ella colocó sus manos sobre las teclas de marfil mientras se enfocaba en la partitura frente a ella.

Al comenzar, su oído le dijo que la melodía iba bien, tocaba con movimientos perfectos. Pensó lo irónico de estar llenando el aire con una melodía que profesaba una noche silenciosa. Tocó la última nota y su familia la premió con una gran ovación de pie. La felicidad la llenaba y no podía dejar de sonreír. Como pudo, hizo una reverencia. Los aplausos se calmaron cuando ella volvió a su asiento para tocar la siguiente canción. Le había dicho su padre que los honraría con cinco canciones navideñas. Las ovaciones de pie seguían después de cada canción.

A la mitad de la última pieza, sintió que algo pasaba por su pierna. Le tomó toda su concentración no perder el ritmo.

Ella siguió tocando.

De un salto, Úrsula alcanzó el banco y se sentó a su lado.

Ella seguía tocando, sin atreverse a mirar de reojo.

La gata se quedó inmóvil.

Anita siguió tocando.

—Úrsula —susurró Suyapa.

La gata ignoró el llamado.

El corazón de Anita aumentó su ritmo.

La gata caminó sobre su regazo y se sentó a su derecha.

Anita siguió tocando. Estaba a punto de terminar.

La gata saltó arriba del piano sin tocar las teclas.

Anita siguió tocando. Ella miró el último pentagrama.

La gata ronroneó y perezosamente caminó frente a Anita, bloqueando su visión.

Anita siguió tocando la pieza de memoria.

Úrsula se erizó en perfecta sincronía con la última nota, y luego lanzó su pata delantera.

Hirió a Anita en el labio superior.

La niña se llevó las manos a la boca mientras soltaba un grito. El líquido caliente goteó a través de su dedo. Se puso de pie, sollozando y asustada. Sentía su corazón galopando en su pecho. Miró hacia abajo a tiempo para ver la primera gota roja cayendo directamente sobre su impecable vestido blanco.

Era como un cuadro surrealista, como en cámara lenta. Suyapa se levantó, y dijo algo que no entendió pero hizo que Úrsula saltara del piano y se fuera.

Su padre la abrazó.

—Déjame ver. —El trató de mover las manos de Anita de la herida.

—¡No! —dijo entre sollozos.

—Está bien, ven conmigo.

Se sintió aturdida, sin querer moverse y dejar un camino de sangre. Escuchó a su tío y tía discutiendo sobre llamar una ambulancia. Cuando su padre la abrazó con más fuerza, sintió que temblaba. Volvió a mirar hacia abajo y ahora la sangre y las lágrimas dejaban marcas en su vestido como pintura sobre lienzo. Don Pedro la llevó a la habitación.

Dos horas y tres puntadas después, Anita se había quedado dormida. Un ruido la despertó. Se frotó los ojos y luego miró por la ventana. Todavía estaba oscuro. Sin embargo, había escuchado algo. Su padre le había confiado la verdad sobre San Nicolás, por lo que el ruido no podía ser el tipo bonachón de barba blanca. La falta de una chimenea había sido lo primero que suscitó sus dudas, pero Don Pedro le pidió que mantuviera vivo el espíritu de los niños más pequeños.

Su mente se aclaró y se dio cuenta que eran voces, como personas discutiendo.

Se levantó de la cama y fue de puntillas hasta su puerta. La abrió y miró a escondidas. Al otro lado del pasillo, la puerta estaba abierta y la luz encendida. No podía ver el interior de la habitación, pero escuchó muy bien.

—Esa maldita gata tiene que irse —dijo.

—Úrsula estaba tan asustada como Anita —respondió ella.

—Esta noche atacó a mi hija. Y en frente tuyo. No voy a permitir que vuelva a suceder nunca más.

—¿Y qué vas a hacer? A Claudia le romperá el corazón.

—Es más fácil arreglar un corazón roto que costurar un labio rasgado, ¿no te parece?

—Eso es injusto. —Su voz sonaba nerviosa.

—Tal vez, pero… —Hizo una pausa y luego cambió a un tono suplicante—. Por favor entiende. No puedo dejar que Úrsula se salga con la suya.

Silencio. Su padre apareció junto a la puerta al salir.

—Espera —dijo ella.

Se detuvo justo en el umbral, con un tentativo pie fuera de la habitación.

—Por favor, no te vayas. Tienes razón. Anita no merece ser atacada. Déjame hablar con Claudia y encontraremos un lugar para Úrsula. Solo dame algo de tiempo para resolverlo.

Anita no lo podía creer. ¿Era esto real? ¿Estará libre de Úrsula? Su corazón se aceleró por la alegría. Eso era el mejor regalo de Navidad. ¡Gracias Santa!

Se regresó a la cama. Su alegría la mantuvo despierta por un tiempo, pero finalmente se durmió exhausta.

A la mañana siguiente, Anita se despertó más feliz de lo que había estado en mucho tiempo. Se bañó, cuidadosamente alrededor de los puntos de sutura.

Mientras bajaba las gradas, Claudia entró por la puerta principal. Una bolsa de lona colgaba de su hombro. ¿Qué estaba haciendo ahí tan temprano? Anita no la esperaba hasta el día siguiente. Cuando estaba a punto de preguntarle, notó sus ojos. Estaban rojos por el llanto, y las sombras oscuras debajo de ellos los acentuaron aún más. Claudia se apresuró a pasar sin siquiera un gesto de saludo. Un portazo confirmó cualquier duda que Anita pudiera haber tenido.

Claudia estaba molesta, pero ¿por qué? Ella acababa de llegar. Anita no creía que Úrsula pudiera ser la razón. ¿Había llamado su madre durante la noche? ¿Estaba ella aquí para luchar por su condenada gata?

De alguna manera, Anita no creía eso. En lugar de buscar sus regalos debajo del árbol, se paró en el último escalón pensando qué hacer.

Al final, ella volvió a subir. Llamó a la puerta de Claudia pero no oyó nada. Ella probó el pomo y lo encontró sin llave. Entró con cuidado por miedo a Úrsula, pero la gata estaba ausente.

Claudia yacía en la cama con la cara debajo de la almohada. Ni siquiera levantó la vista para ver quién había entrado en su habitación. Esa no fue una buena señal.

Anita se sentó al borde de la cama, recordando cómo había hecho su papá unos días antes.

—Claudia, ¿qué pasa?

—Déjame sola.

Anita consideró brevemente complacerla. En cambio, le dio unas palmaditas en la espalda, sin decir nada. Presentía que era Claudia quien tenía que dar el primer paso.

Finalmente, los sollozos disminuyeron. Claudia se sentó.

De acuerdo, pensó Anita, es hora de ver de qué se trata.

—Tienes suerte.

—Yo no creo.

—Tu madre murió, pero tu padre te quiere mucho. Don Pedro siempre te defiende.

Anita permaneció en silencio.

—Yo… —Claudia bajó la mirada—. Ojalá que mi papá me amara como el tuyo.

—No digas eso. —Anita se sintió aliviada de que la conversación no era sobre la gata.

—¿Sabes qué hizo ayer?

Anita negó con la cabeza.

—Bueno, mientras tu padre hizo todo lo posible para asegurarse de que Úrsula te dejara practicar tu maldito recital. Mi padre, el héroe, olvidó por completo que iba a verlo.

—No puede ser…

—Hizo otros planes. Fue a una fiesta y me dejó en su casa. Bueno, quise decir, en la casa de su esposa. Pasé la Nochebuena sola.

Anita recordó el espacio vacío en la sala, el lugar

donde Claudia debería haber estado

—Tenías que haber regresado anoche.

—No pude encontrar un vuelo más temprano. —Intentó sonreír.

Claudia sabía todo sobre compras en línea, desde pizza hasta boletos de avión. Si ella decía que no había un vuelo antes, Anita le creyó.

De repente, Claudia extendió la mano para abrazarla y comenzó a sollozar de nuevo. Anita estaba sorprendida, pero logró devolver el abrazo.

—Lamento haber sido mala contigo. Lamento no haberte enseñado cómo hacer amistad con Úrsula.

El nuevo amor de Claudia por Anita terminaría tan pronto como supiera el destino de la gata. Le enterneció el corazón ver a Claudia tan vulnerable. Después de un momento, Claudia la soltó.

— ¿Qué pasó? —Ella extendió la mano para tocar el vendaje.

Anita se echó hacia atrás. —No es nada.

Alcanzó otra vez, esta vez para acariciar la mejilla de Anita.

—Dime.

Ella no quería decirlo. Ella sabía que lastimaría a Claudia. Se dio cuenta de que se enteraría eventualmente. Y si no se lo contaba ahora, ella pensaría que se lo ocultó a propósito.

La puerta se abrió de golpe, las dos chicas saltaron sobresaltadas. Suyapa corrió a su lado. Ella también mostró las marcas del llanto.

—Tu padre me acaba de decir. Lo siento, hija ¡Es un idiota!

—Al menos ya te divorciaste de él. —Esta vez logró completar la sonrisa.

Se aferraron en un fuerte abrazo que hizo que Anita

se sintiera como una extraña. Muchas lágrimas más se derramarán después con la noticia de Úrsula.

Entonces recordó algo que Claudia había dicho. Ella ideó un pequeño plan para hacer que Claudia y su madre se sintieran mejor.

—Claudia, ¿me enseñarías cómo hacer amistad con Úrsula? —Antes de que la madre de Claudia pudiera decir algo, agregó, —Ella dijo que era posible.

Suyapa fijó su mirada en Anita, quien sonrió y asintió con la cabeza. Una nueva lágrima rodó por su mejilla mientras articulaba un "gracias."

Anita llegó a la conclusión que perdonar a Úrsula era un sacrificio que valía la pena, pues había conseguido algo mejor a cambio, una familia.

FIN

LA TENTACIÓN DEL PRECIPICIO

—Tienes que decir que aceptas el trato, —dijo Lucifer.

—Pensé que tenía que firmar un papel —respondió Pedro.

—Hollywood ha arruinado mi reputación. –Lucifer negó con la cabeza.

—Entonces solo digo que acepto y listo. ¿Eso es todo?

—Eso…y saltar al vacío. Yo te salvaré de tu existencia.

Pedro levantó el pie para dar el último paso de su vida, puso la mano derecha sobre su corazón y suspiró.

—Ya no quiero vivir así.

El pastor alemán jaló del pantalón mientras gruñía con premura.

—¿Qué sucede, Apolo?

El perro ladró y meneó su cola. Luego se posó en sus patas traseras e inclinó su cabeza mientras jadeaba con la lengua de fuera.

—Está bien, vamos a jugar un rato –dijo Pedro.

—Maldito ángel peludo. Pero no importa, mañana lo intentaré de nuevo.

PENITENCIAS

La esposa del difunto descansa en la cama pública de la funeraria, viajando por el limbo onírico con la dosis precisa recetada por su hermano matasanos. Coronas mortuorias enviadas por desconocidos se acumulan junto al féretro cerrado; su fragancia esconde el latente olor a lejía que espanta a los supersticiosos. Meseros sirven el negro y amargo café junto a galletitas, pero los hipócritas esperan con ansias la sopa de pollo y los tamales. Los dolientes se esconden en una esquina riéndose nerviosos de bromas inapropiadas. Los culpables fingen llorar sobre el ataúd mientras el cadáver escapa por la puerta trasera.

FUE DE 7

Abrió los ojos mientras especulaba que el meneo perenne de su cama era alguno de sus hijos subiendo a medianoche. Incorporándose, distinguió los pies mientras su esposa se tiraba al suelo. "¡Los niños!", dijeron en unísono. Corrieron entre estruendos y vidrios que detonaban contra el piso. El hijo adormitado cuestiona, el padre asustado responde. Haló el niño deslizándolo de la litera. Alcanzó otro que dormía en la inferior. Llegaron sobre la cama del tercer hijo. El sismo parecía provocado por pasos de gigante. Se abrazaron entre corazones agitados por el terror. Acabó la sacudida y parte del techo se desplomó.

NOTA: Penitencias Y Fue de 7 fueron incluidos en la antología "Relámpago Perpetuo" de Letra Negra Editores para conmemorar su décimo segundo aniversario. El desafío que presentó el editor Armando Rivera a sus autores fue escribir el cuento en cien palabras exactamente, excluyendo el título. Un reto que nos esmeramos en cumplir.

EL TIROTEO

La primera bala pasó silbando junto a su oreja izquierda.

Todo comenzó unos veinte minutos antes cuando Frank llegó al bar. Sus ojos tardaron un poco en adaptarse a la tenue luz; el lugar estaba cargado de humo y la música a todo volumen. Pasó junto a las mesas con butacas y de las mesas de billar para sentarse en un taburete junto a su amigo de toda la vida, John.

Después del primer intercambio de cumplidos, John señaló a una chica sentada al otro lado de la barra.

—Ella me ha estado mirando toda la noche, amigo ——aseguró John asintiendo con vehemencia.

Frank sabía que esto podría ser cierto. John era un tipo apuesto de unos treinta años, soltero y siempre ligando con chicas.

Por otro lado, Frank estaba a punto de llegar a su octavo aniversario de bodas. Estas escapadas de los jueves eran su único nexo con su antigua vida de soltero.

—Adelante, entonces. Ojalá no esté casada.

No era la primera vez que teníamos una conversación similar. John se había metido en problemas antes.

—Sabes, creo que lo haré.

John se levantó, reunió fuerzas con el último trago de su cerveza y caminó hacia la chica.

Seguro que se veía bonita con su cabello largo y rubio, ojos azules y unas torneadas piernas. En su mano derecha sostenía una copa de cóctel, coronada con una sombrilla multicolor y una rodaja de piña.

Frank observó divertido al ave de rapiña en acción: ella parecía no apartar los ojos de su amigo, y Frank sabía que esto encendería a John para tirarse a una conversación más atrevida. Frank siguió degustando de los cacahuetes rancios y estaba a punto de pedir la segunda cerveza cuando vio que la dama se levantaba y se alejaba del bar. John volvió a su taburete con Frank a su derecha.

— ¿Cómo te fue?

—Muy bien, diría yo. Su nombre es Heather. Es soltera, vive con una amiga y trabaja en una empresa de software para computadoras.

—¡Hombre, eres rápido! —Frank estaba impresionado.

El cantinero le trajo a Frank su cerveza y le pasó un papel a John.

—¿Qué es esto? —John preguntó mientras escaneaba la hoja de papel. Su ceño fruncido casi obligó a sus cejas a encontrarse en el medio.

—Su cuenta —dijo el cantinero, señalando con el pulgar aproximadamente en la dirección en la que se había ido Heather— Ella dijo que tú pagarías por ella.

Frank se rió entre dientes y echó un vistazo a la factura.

—¡Guau! ¡Quinientos dólares! —Frank silbó sorprendido.

—¡No voy a pagar esto! —dijo John con una mirada severa.

—¿Eso crees? —El cantinero contraatacó. Medía

más de un metro ochenta, tenía los hombros anchos y una expresión amenazadora en el rostro que solo los tontos se tomarían a la ligera.

John comenzó a murmurar algo debido a su creciente ira, pero el cantinero lo interrumpió y agregó con una sonrisa —¡Estoy harto y cansado de estafadores como tú de querer verme la cara de idiota! Conozco tu pequeño juego, ella viene, pide bebidas, luego vienes, finges coquetear con ella y luego me quedo con la cuenta.

Frank comenzó a decir algo para calmar las cosas, pero la mirada asesina del cantinero fue suficiente para pararlo en seco.

John se levantó y se dio la vuelta para irse. Un chasquido lo hizo detenerse. Frank miró el revólver plateado de cañón largo.

—Dije que pagarás, o si no... —Había determinación en su voz.

Frank no dudó de la determinación del cantinero. Concluyó que esta no era la primera vez que el lugar era estafado. Pero seguro que parecía que el cantinero había descubierto cómo hacer que fuera la última vez.

—¡Mira, incluso si quisiera pagar, no tengo quinientos dólares! —John le rogó al tipo. El sudor le corría por la frente.

Frank sabía que era la primera vez que lo encañonaban en su vida.

—Aceptamos tarjetas de crédito —Reprendió el cantinero con frialdad, luego miró a Frank.

John lo vio, aprovechó la oportunidad y salió corriendo. La música a todo volumen pareció desvanecerse cuando el barman abrió fuego. La primera bala silbó junto a la oreja izquierda de Frank y rompió una lámpara en alguna parte. Frank se giró para ver que su amigo ya había llegado a la puerta y la estaba abriendo.

Siguieron cinco disparos más, el hombre detrás de la barra estaba agitado. Siguió apretando el gatillo hasta que el martillo siguió golpeando en seco cada vez...

NOTA: Bajo el título de *The Shootout*, este cuento fue, en efecto, mi primer crédito de micro-relato, publicado en el sitio POWDER BURN FLASH en el 2007.

LA FIRMA

El Coronel puso el documento sobre el escritorio y extendió la mano ofreciendo una Montblanc.

El Presidente tomó el bolígrafo. Acercó la punta sobre el papel. El minúsculo punto no sería suficiente, tenía que hacer una firma completa para sellar el destino. Su indecisión se hizo evidente en un suspiro.

—Es el único camino, Sr. Presidente —dijo el Coronel.

—El virus afectará a millones.

El Coronel se encoge de hombros. —Sí, pero está diseñado para atacar a la gente mayor.

Aun sabiendo la respuesta, pues la conversación se había repetido incontables veces antes, el Presidente lanza la siguiente pregunta.

—¿Cómo me pide firmar algo que seguramente matará a nuestros padres?

—Mi madre falleció hace años, y mi padre ya tiene el antivirus. También sus padres, y su hermana mayor.

El Presidente miró por la ventana mientras hizo una breve reflexión. El siglo anterior sufrió su propia historia de guerras, pandemias, y armas de destrucción masiva.

—Muchos creyeron que el poder atómico traería el fin del mundo.

—Se equivocaron. —El Coronel negó con la cabeza. —Es el hambre y la sobrepoblación.

El Presidente tornó su mirada al otro papel sobre su escritorio. Era una proyección de las muertes por hambruna. Millones en los próximos cinco años.

— No se preocupe, Sr. Presidente. Las siguientes generaciones apreciarán lo que hace ahora.

—¿Está seguro?

—Por supuesto. Los vencedores son los que escriben la historia.

Después de un último suspiro, el Presidente plasmó su firma en el documento.

—¿Sabemos dónde se esparcirá primero?

El Coronel tomó el documento, lo guardó en una carpeta de cuero con la leyenda TOP SECRET, y se dirigió a la puerta.

—En un pueblo del que nadie ha escuchado antes.

—Pero algún día llegará a nuestro país.

—Eventualmente. —Con la mano en el llavín, el Coronel dijo a manera de despedida—Al principio la gente será incrédula; pero tomarán en serio la situación después que la Primera Dama sea una de las víctimas.

ALIENTO DE DRAGÓN

Era el momento decisivo para Juan Pablo. Había practicado escupir fuego cual dragón para sorprender a los conductores mientras esperaban el cambio a verde del semáforo en su esquina favorita.

En su inocencia de adolescente, prefería pedir dinero en la calle antes que robar o entrar a una mara.

Posicionó el palo a la altura de su frente, la punta con la llama encendida ligeramente arriba. Aspiró por la nariz y expelió el gas. Al principio pareció que todo iba bien, el gas encendió al contacto con el fuego formándose una aparatosa llamarada.

Ahora Juan Pablo se mueve entre los vehículos sin siquiera limpiar vidrios, la cara parcialmente cubierta con una venda deja entrever los restos de carne quemada. Los gestos de los conductores son una mezcla entre asombro, repulsión y lástima…pero se mantiene ecuánime, estoicamente sin caer en la tentación del mal.

NOTA: Este micro relato recibió el primer lugar del concurso literario organizado por la universidad CEUTEC, sede La Ceiba en 2022. Pero esta historia no fue concebida como micro-ficción, y en la siguiente página pueden leer la versión completa en formato de cuento.

OTRO ALIENTO DE DRAGÓN

El primer rayo de sol se escabulló al interior entre las ranuras de los tablones. Esas ranuras resultaban permeables con igual facilidad ante la lluvia durante el azote invernal. El techo, construido con láminas robadas de una construcción al otro lado del río, lucía oxidado y numerosos rayos perforaban la humilde cuartería.

Su ocupante, Juan Pablo, que recibió el nombre unos meses después que el homónimo Sumo Pontífice visitara su ciudad natal. Único rasgo religioso de una vida que transitaba en dirección contraria a la de aquél en cuyo honor fuera bautizado. El remordimiento no tenía espacio en medio de las preocupaciones por encontrar qué comer cada día. No, Juan Pablo no era ningún santo. Muy al contrario, se jactaba que más de alguna despechada mujer atestiguaría gustosa sus pecados ante un juez.

Al despertar, la necesidad de robar nuevas láminas para reemplazar las dañadas estaba fuera de sus pensamientos. La emoción le embargaba. Sin atreverse a admitir la posibilidad que fueran más nervios que emoción.

No sería su primer día pidiendo Lempiras en el semáforo del Monumento a la Madre. Unos cuatro años antes había llegado a San Pedro Sula proveniente de su natal Santa Bárbara. Ese día sintió que moría por el asfixiante calor, había escuchado los comentarios acerca de los calores, pero al vivirlos en carne propia fue una experiencia sofocante. Intentó encontrar trabajo en las maquilas, durante un año hizo fila los lunes. Un par de veces fue ingresado pero jamás pasó las pruebas, según él, porque costurar era para mujeres. Después de algunos meses, sin nada que comer, comenzó a limpiar vidrios en una esquina.

La diferencia era que hoy cambiaría el trapo por un palo de escoba con la punta empapada en gas. Su estreno haciendo malabares cual "palillona" en Día de Independencia. Exceptuando que de pronto haría algo más peligroso que esas ilusas colegialas que desfilan solo por los diez puntos "oro" en la clase de español.

¡Qué va querer la patria que le demuestren amor vistiendo minifaldas y brincando por el aire enseñando todo el trasero! Se decía.

Un mes antes había visto a su primo Lucas haciendo muecas y maromas con un palo de escoba corta, y aunque se le cayó en tres ocasiones, cuando se echó el gas en la boca para escupirlo sobre la llama, fueron muchos los niños que asombrados pegaron sus caritas a los vidrios vehiculares. El asombro de Juan Pablo fue monumental al ver que su primo recibía billetes de diez y hasta veinte Lempiras por los padres obligados por los menores que querían ver el espectáculo otra vez.

Ese día tomó la decisión de cambiar su proceder. Ya cansado de las reacciones que encontraba al acercarse a limpiar vidrios: hombres y mujeres diciendo que no con la mano, otros encendiendo el limpiaparabrisas, algunos acelerando y adelantando el vehículo al punto que Juan Pablo se agenciaba más de algún moretón con los espejos laterales.

—Todo eso terminó ayer —se dijo resuelto.

Pasó la mañana practicando. A las doce almorzó unos panes con crema en la pulpería. Se marchó antes de caer la tarde, armado con su botellita de refresco medio litro llena de gas, un palo viejo de escoba con un trapo amarrado en un extremo. Caminó por la calle de tierra que bordeaba el Río Piedras, al llegar a la esquina observó unos hombres pintando un local en un negocio de inminente inauguración.

—Ya decía yo, nunca falta el billar a una cuadra de la escuela.

Un rato después se bajó de un bus y llegó hasta la rotonda del Monumento llegando a escasos minutos para las cinco de la tarde.

Nadie caminaba en ese parquecito, las bancas estaban siempre vacías. Juan Pablo pensaba que era por lo difícil del cruce de la calle para llegar. Unos años antes, el gobierno municipal había remozado la estatua que da su nombre al parque. Los diarios locales reportaron como primicia la gran cantidad de impactos de balas de diferentes calibres que habían encontrado los restauradores. Especulaban sobre las razones para atentar contra una imagen que representa lo más sagrado para el hombre luego de Dios: La Madre. Las hipótesis iban desde resentimientos suprimidos hasta solo por deporte por ser un blanco fácil de ubicar.

Apresurado, empapó el trapo con el gas y lo encendió. Caminó hasta la esquina y, frente a los vehículos aguardando el verde, Juan Pablo ejecutó sus primeras maromas.

—¡Ey chavo! ¡Ya pasó el Quince! –gritó uno de los vendedores ambulantes que parecía un árbol navideño con los accesorios para celulares guindados.

—¡Y la minifalda! —increpó otro.

Con firmeza y sin sonreír, Juan Pablo prosiguió su rutina. Él sabía que el cambio de luz era cada veinticinco segundos. Planeó hacer los malabares durante los primeros quince y, cerrando con broche de oro, escupir el gas para hacer la esperada bola de fuego. Luego recoger el dinero en los últimos segundos.

—Trece, catorce… —empinó la botella llenando del líquido volátil su boca, cuidadoso de no tragar.

Este era el momento decisivo. Posicionó el palo a la altura de su frente, la punta con la llama encendida ligeramente arriba. Aspiró por la nariz y expelió el gas. Al principio pareció que todo iba bien, el gas encendió al contacto con el fuego formándose una aparatosa llamarada.

Pero algo salió mal.

Ante el asombro del improvisado público vehicular, el fuego ganó la batalla a la fuerza con que Juan Pablo arrojaba el gas. Una fracción de segundo bastó para que la llama recorriera el espacio entre la antorcha y el pirotécnico pordiosero y lo envolvió en una brillante luz.

El tiempo pareció detenerse. Por instinto, cerró la boca, temiendo que el fuego le quemara por dentro también. En realidad la llamarada cesó con la misma rapidez que había comenzado.

Ahora Juan Pablo se mueve entre los vehículos sin intentar limpiar los vidrios, la cara parcialmente cubierta con una venda deja entrever los restos de carne quemada. Los gestos de los conductores son una mezcla entre asombro, repulsión y lástima.

FIN

SOBREVIVIRÉ

—¿Quién agarró mi disco? —gritó Tía Mima.

No dijo cual disco, su sobrina sabía cuál era su favorito: Celia Cruz Grandes Éxitos, firmado por la cantante a la salida del único concierto al que había ido la Tía Mima.

—¿Por qué lo cuidas tanto?

—Celia me visitó después de morir.

—Ay Tía, no creas esas cosas —acotó su sobrina.

—Es cierto. Al día siguiente que murió puso una canción para mí en la radio.

—Vaya, y ¿qué decía la letra?

—Que ella iba sobrevivir en el alma de la gente, en el cuero del tambor, hasta en los pies del bailador.

—No te creo.

Desde el equipo de sonido que estaba apagado se escuchó una voz de mujer que la tía y sobrina reconocieron al instante.

—¡Azúcar!

SOBRE EL AUTOR

José H. Bográn es un reconocido autor y escritor de *thriller* y suspenso. Sus historias cautivadoras y llenas de intriga han ganado elogios tanto a nivel nacional como internacional. Con una habilidad excepcional para crear emocionantes tramas y personajes convincentes, Bográn ha dejado una huella en el mundo de la literatura de suspenso. Sus obras han sido elogiadas por su ritmo trepidante, giros inesperados y una prosa envolvente.

Con una pasión innata por contar historias, José H. Bográn continúa cautivando a los lectores con su narrativa emocionante.

www.jhbogran.com

Made in the USA
Columbia, SC
12 November 2023

25791552R00048